LaRue para alcalde

Cartas de la campaña

Escrito e ilustrado por

Mark Teague

SCHOLASTIC INC.

New York Toronto London Auckland Sydney
Mexico City New Delhi Hong Kong Buenos Aires

La Gaceta de Nueva

30 de septiembre

This book is being published simultaneously in English as
LaRue for Mayor: Letters from the Campaign Trail by the Blue Sky Press.

Translated by Juan Pablo Lombana

A Butch

Library of Congress Cataloging-in-Publication Data available.

ISBN-13: 978-0-545-02214-9
ISBN-10: 0-545-02214-2

Printed in the U.S.A.   08

First Spanish printing, March 2008
Designed by David Saylor and Lillie Mear

MOSCOSO ANUNCIA SU CANDIDATURA A LA ALCALDÍA

El ex director de la policía metropolitana, Hugo Moscoso, anunció ayer su candidatura a la alcaldía de Nueva Bufonia durante un acto que tuvo lugar en el parque Gruber. Moscoso, a quien se considera favorito para ocupar el puesto, se presentó a sí mismo como el candidato de "la ley y el orden". "¡La situación en Nueva Bufonia es una desgracia! —dijo, provocando un tímido aplauso—. Necesitamos parecernos más a Bahía Lechuga. Debemos decir "no más" a las tonterías, "no más" a las chapucerías y "no más" a la ridiculez". Su discurso fue interrumpido por varios perros que tumbaron un carrito de perros calientes. Gertrudis LaRue, de la Segunda Avenida, sufrió varias heridas como consecuencia del alboroto. Los perros no pudieron ser identificados.

Alboroto canino

1 de octubre

Querida Sra. LaRue:

¡No sabe cómo me dolió oír que se había lastimado! ¿Quién hubiera imaginado que esos carritos de perros calientes fueran tan inestables? Yo mismo intentaba divisar bien a Moscoso cuando todo se vino abajo. Vaya uno a saber qué estaban haciendo esos otros perros... Debo confesar que dieron la impresión de estar del lado de la delincuencia. En cualquier caso, no me repongo de la noticia de que usted permanecerá tanto tiempo en el hospital.

Sin duda, estará preocupada por mi bienestar. ¡Yo también lo estoy! Gracias a Dios, la Sra. Hibbins ha dicho que me alimentará y yo intentaré resistir.

Reciba un saludo solidario,

Ike

CLUB
SOCIAL
LOS ALEGRES
COMPADRES

Querida Sra. LaRue:

2 de octubre

Supe que había preguntado por mí. Muchas gracias. Y sí, será una época difícil, abandonado aquí mientras que usted se recupera en su cómoda cama de hospital. Pero no se preocupe. Me he hecho amigo de los perros que conocí el otro día en el parque. Hemos decidido crear un club social dedicado a servir a la comunidad. Espero que el tiempo que pase con Fifí, Buck y Chui me ayude a sobrellevar la pena que me causa su ausencia. ¡También hay que pensar en todas las buenas acciones que haremos!

Virtuosamente suyo,
Ike

AL SERVICIO
DE NUEVA
BUFONIA

La Gaceta de Nueva Bufonia

6 de octubre

¡Jauría de perros salvajes!
El juego es interrumpido

Una jauría de perros volvió a tomar ayer las calles de Nueva Bufonia. Uno de ellos interrumpió una jugada doble durante el juego de los Conejos de Nueva Bufonia en el estadio Morley, atrapó la pelota y salió corriendo. Este fue el último episodio de una serie de incidentes que comenzó el martes, cuando un grupo de estas criaturas revoltosas saboteó la primera Jornada de Pesca en el Lago Verde. Según nuestras fuentes, los perros se colaron y se comieron todo el pescado. Al día siguiente, una jauría de perros se metió en uno de los camiones del Sr. Tin Ton Tan, llevándose dos galones de helado de choconuez. Ninguno de los perros ha sido apresado, aunque el vendedor de helados Eugenio Feliú ha descrito al líder como un "sujeto blanco y negro y algo despeinado".

7 de octubre

Querida Sra. LaRue:

Le ruego que no se preocupe por mí. No voy a morirme de hambre ni de soledad, espero.

Sí, claro que leí los artículos de prensa acerca de los "problemas caninos". Me parecieron francamente ridículos. ¿Desde cuándo se consideran la alegría y la jovialidad problemas? ¿Qué daño se ha hecho? Es posible, sin embargo, que estas crónicas alarmistas lleven a ciertos individuos de poco intelecto a creer que los perros somos una amenaza.

Espero que se sienta mejor,
Ike

La Gaceta de Nueva Bufonia

8 de octubre

Moscoso pide mano dura con los perros

El candidato a la alcaldía Hugo Moscoso calificó a los perros de ser una "amenaza para la comunidad" y anunció un plan para controlar a las bestias. "No podemos seguir tolerando este tipo de comportamiento", dijo, aludiendo a los incidentes recientes. El señor Moscoso propone no solo una ley de correas y un toque de queda, sino una veda absoluta a la presencia de animales en lugares públicos. "A esta ciudad se la están llevando los perros —dijo Moscoso— y yo voy a detenerlos".

En otras noticias, se ha sabido que un perro se introdujo en la carnicería Branmeier de la Segunda Avenida y se llevó medio kilo de salchichas.

9 de octubre

Querida Sra. LaRue:

Me urge decir que los desvaríos del señor Moscoso me abruman. ¡Supongamos que llegara a ganar la elección al cargo más importante de la ciudad! La idea es escalofriante. ¡Debo encontrar la manera de impedir que ocurra esta catástrofe!

Su perro preocupado,
Ike

La Gaceta de Nueva Bufonia

Cartas al editor:

Como antiguo residente, debo denunciar la ola de histeria antiperruna que azota nuestra ciudad. ¿Acaso olvidamos tan fácilmente la lealtad incondicional del Mejor Amigo del Hombre? ¿Quién acompaña a nuestros bomberos y policías durante sus peligrosas rondas? ¿Quién rescata al pobre viajero que se ha perdido en las alturas? ¿Quién sirve al ciego (y al sordo también, seguramente)? ¡Los perros, señoras y señores!

Firmado,
Un ciudadano consternado

11 de octubre

Querida Sra. LaRue:

¡No sabe cuánto envidio la tranquilidad de su cama de hospital! Aquí en la jungla de cemento las cosas se han puesto muy peligrosas, ¡al menos para los perros! El temible Moscoso continúa con sus monsergas difamatorias. Ayer llamó a los perros una "turba de rufianes". Hay que detenerlo. Por ello, he decidido "meterme en el tinglado". Esta tarde anunciaré mi candidatura y no me cabe la menor duda de que tendré una acogida formidable.

Su próximo alcalde,
Ike

Querida Sra. LaRue:

12 de octubre

¡El primer día de mi campaña fue un gran éxito! Mis compadres del club social se ofrecieron a ayudarme y en todas partes cientos de personas vitorearon mi mensaje de solidaridad para con los perros. Todos haremos lo posible por mantener la civilidad, por supuesto, aunque no puedo hablar por mi contrincante, quien además de irresponsable e inescrupuloso, raya en la demencia.

Honestamente suyo,
Ike

13 de octubre

Querida Sra. LaRue:

En mis presentaciones he señalado que si a los perros se les prohíbe merodear por lugares como el parque Gruber, los gatos harán su agosto. ¡Vaya perspectiva! La campaña está que arde y me parece que tenemos a Moscoso contra la pared.

Políticamente suyo,
Ike

P.D. Ojalá no le moleste que haya establecido la sede de la campaña en el apartamento.

La Gaceta de Nueva Bufonia

¡Un candidato misterioso reta a Moscoso!

Un candidato misterioso ha salido a la luz y disputará las elecciones a la alcaldía con Hugo Moscoso. Los seguidores de Ike LaRue dicen que es "amigo de los perros". Sus opositores señalan que es eso mismo, un perro. Sea como fuere, el peludo LaRue ha comenzado una fiera campaña contra Moscoso, quien ha prometido deshacerse de los perros de Nueva Bufonia. Y el mensaje de LaRue ha comenzado a calar. "No estábamos preparados para esto —dice Walt Smiley, el jefe de campaña de Moscoso, aludiendo a los perros—. Parece que mucha gente quiere a estos diablillos".

"No me preocupa —añade Moscoso—. Mañana tendremos nuestra gran marcha en el parque Gruber y pondremos a estos admiradores de perros en su lugar".

Querida Sra. LaRue:

15 de octubre

Mis seguidores y yo hemos decidido enfrentar a Moscoso en la marcha de hoy. Saldremos en grandes números y aunque nos comportaremos de manera digna, estoy seguro de que la jornada será muy interesante.

Espero que se sienta mejor,
Ike

P.D. Nada me alejará de esta causa tan importante.

La Gaceta de Nueva Bufoni

16 de octubre

¡LaRue rescata a Moscoso!

Perro héroe

Hugo Moscoso fue llevado ayer al Hospital General después de desmayarse durante la gran marcha que tuvo lugar en el parque Gruber. Parece ser que se mareó mientras intentaba gritarles a unos manifestantes. Su contrincante, Ike LaRue, fue uno de los que acudió a ayudarlo. "Cuando el candidato se desmayó, lo pusimos en el primer vehículo que encontramos, el camión del Sr. Tin Ton Tan —dijo el director de campaña, Walt Smiley—. Por alguna razón, el perro ya estaba dentro del camión e hizo lo que pudo para ayudar".

"LaRue me salvó —dijo Moscoso—. De camino al hospital, no hizo más que darme cucharadas de helado de choconuez. Cuando llegamos, ya me sentía mucho mejor". El rescate le ha dado un giro inusual a la campaña. "Ahora tengo una opinión muy diferente de los perros —añadió Moscoso—. Es más, sería un honor que Ike aceptara ser mi asistente, y así los intereses de los perros tendrían representación en mi administración". LaRue se fue dentro del camión del Sr. Tin Ton Tan y fue imposible consultar su opinión.

Querida Sra. LaRue:

16 de octubre

Al final, descubrí que Hugo Moscoso no es tan mala persona. Es más, ¡es un buen tipo! De cualquier manera, la política no es lo mío. Prefiero hacer amigos que discutir constantemente. Y como lo único que pretendo es hacer de esta ciudad una gran ciudad PARA TODOS, he decidido dar por terminada mi candidatura y aceptar la propuesta que me hizo Moscoso de servir como asistente del alcalde.

Me alegra mucho saber que usted se encuentra bien y que podrá asistir a nuestra ceremonia inaugural.

Su perro fiel,
Ike.

La Gaceta de Nueva Bufonia

3 de noviembre

¡Moscoso asume el cargo!
LaRue se une al alcalde

El nuevo alcalde, Hugo Moscoso, asumió su cargo ayer en el parque Gruber y prometió que la suya sería la administración más amiga de los perros que haya habido. A su lado estaba el asistente del alcalde, Ike LaRue, cuya colaboración, según muchos, fue crucial para la victoria. "Este es un gran día para todos los habitantes de Nueva Bufonia", alcanzó a decir Moscoso antes de que fuera interrumpido por varios perros que tumbaron un carrito de perros calientes que se encontraba en una esquina del parque. Moscoso dijo que investigaría el asunto.

Horas después, el nuevo alcalde declaró:

Sigo QUERIEND A IKE